切切诗语

qieqie shiyu

写给女儿的诗

林铭祖

—— 著

刘向晖

—— 绘

青岛出版集团—青岛出版社

图书在版编目（CIP）数据

切切诗语 / 林铭祖著 . —青岛：青岛出版社，2025.3

ISBN 978-7-5736-1913-6

Ⅰ . ①切… Ⅱ . ①林… Ⅲ . ①诗集 – 中国 – 当代 Ⅳ . ① I227

中国国家版本馆 CIP 数据核字（2024）第 061319 号

书　　名	切切诗语
著　　者	林铭祖
绘　　者	刘向晖
出版发行	青岛出版社
社　　址	青岛市海尔路 182 号（266061）
本社网址	http://www.qdpub.com
邮购电话	0532-68068091
策划编辑	申尧
责任编辑	刘伟学
特邀编辑	郑立山
装帧设计	林雨熙
印　　刷	青岛名扬数码印刷有限责任公司
出版日期	2025 年 3 月第 1 版　2025 年 3 月第 1 次印刷
开　　本	32 开（889 mm×1194 mm）
印　　张	7.625
字　　数	170 千
书　　号	978-7-5736-1913-6
定　　价	88.00 元

编校印装质量、盗版监督服务电话 4006532017 0532-68068050

序言

变小了的诗歌，长大了的女儿

如果从我写出了有点像样的作品算起，我写作诗歌已快三十年了。现在收录了这将近二百首以"亲子阅读"为主题的作品，送给我的女儿，也给自己的诗歌写作作一个其实有点牵强的专题总结。

我出生在闽南一个边远的山村，这个村庄的样子很像《西游记》中如来佛祖的五行山。它几乎是自给自足的，因此也是闭塞的。再加上个人天性使然，从读小学起，我就经常感觉寂寞，在和人相处时也常自觉地落单。我记得和家人一起干农活的时候，我经常一声不吭，脑海里却浮想联翩，比如有眉有眼地给《西游记》运思着姊妹篇《东游记》。

自然，这些以形象、活动为形态，没有经过语言具化、雕琢的想象都在脑海中烟消云散了。后来，到镇里、县里读书的大哥——他是一个兴趣广泛、喜欢追新逐异的人——带回来一些古典文学著作和现当代文学作品，前者比如《红楼梦》《水浒传》，后者则包括了徐志摩、席慕蓉的诗集。等到我也去镇里读初中，我就自己"耳濡目染"了当时流行的港台音乐和通俗文学，自己也去新华书店买过一两本鲁迅的作品选集和当代散文家的选集。不过，这些文艺濡染并没有触发我文学创作的感觉和意识。当时，我也就是语文学得还不错，当然其他科目一样学得挺好。

20世纪90年代初，我也到县城读高中了。这时候，我在周围环境中的落单状态愈加"闭环"了，学校图书馆、阅览室的书籍和街面上的书店里卖的书也大大地丰富起来。比较意外的是，我投稿到学校文学刊物的一首以"想家"为主题的小诗，被指导老师推荐到《语文报》发表了，我也收到了人生的第一笔稿费。只是，这种偶发的情绪抒发并没有带给我文学创作的正式感和愉悦感。直到1994年，我在一家新开的叫"心欣"的书店里看见并且买下了一本介绍20世纪80年代新诗潮的书，我才算是被已经翻涌了十几年的新时期文学思潮波及，尤其是"朦胧诗人"的诗歌，一下子就启蒙了我使用"现代化"的，有别于当时流行的港台文学、校园文学，包括课堂作文教学的情思、想象、语言来写作诗歌的创作追求。从此，写诗就成为孤独、内向的我主要的精神生活了。我也从中体会到了创作（其实同时也是在自我塑造、自我安慰）的自得其乐，就像本书中写作时间最早的《今天是高兴的日子》这首诗呈现的那样。

从小学到初中，我的学习成绩都名列前茅，可是到了高中就变得一般般了，因此我的高考成绩并不理想。在大学中文系的两年时间里，我的诗歌写作基本流于顾影自怜，自然也就乏善可陈，大部分被我遗弃。但是在文学写作方面做出一定成就、在文学创作里求索生命意义的心还是一直在的。于是我刻苦备考省内师范学校系统的中期选拔，考入了福建师范大学中文系。福建师范大学中文系称得上是一个融汇中西方文学滋养的文学重镇，学识渊博并且个性张扬的老师们讲课循循善诱，文思泉涌、风格迥异的同学们在一起切磋琢磨。在这里一年之后，我感觉我已经写出了可归入当代好诗歌的作品了，虽然数量不多。在这些作品里，我感觉基本完成了对自己的一个"大我"的塑造。虽然现在理性地回顾，这些作品未必就有那么好，但是写作时节奏的意到笔随、想象的新奇颖异、自我的自信宏大，我现在读起来还会沾沾自喜。不过这些作品和本书的主题离得比较远，希望以后有机会另书收录。

在大学毕业之际，很多学子考研的目标是一样的，但是考研的原因各有不同。对于我来说，应该还是文学，还是诗歌的推动吧。虽然当代的文学思潮在福建师范大学中文系算得上"于斯为盛"，但是中文系的学生都知道，近代以来很多文学思潮的原点都在北京。北京在我眼里自然也是一个文学的高原，如果不爬到上边去看看，那么我心里会有一种恐慌，也有不甘。于是，我又刻苦地准备北京师范大学中文系当代文学专业的研究生考试，幸运的是我竟然也考上了。到了北京，没有想象的文学热潮扑面而来，没有往昔的狂热同学簇拥在旁，我发现研究生同学们是几乎不谈创作的，何况写诗呢！所以，我感觉我不是攀登到了文学的高原，而是落入了文学的谷地和荒野。不过，失望是几乎没有的。从读研到工作，作为文学青年的狂狷之气渐渐地消磨在著名高校青年学生、普通中职学校青年教师的日常学习、生活中。诗歌写作还在继续，不过恢宏地营构想象世界，已经变为对日常生活、凡庸自我的体认、调侃——后来我才明白，其实这才是北京作为文学思潮中心、高原的特征所在，它让我在不知不觉中从"朦胧诗潮"融汇到所谓"第三代诗人"的创作潮流里。我自己知道，其实这一个阶段，我的自我更为开放、强大和快乐了。在福建师范大学，虽然自我是宏大的，但还是封闭和自守的。不过这一阶段的作品也和这本书的主题偏离太多，也就不选入了。

　　参加工作几年之后，我写的作品越来越少。很多时候，我好像把诗歌完全放在一边了，或者说诗歌其实也并不喜欢我吧。我甚至时有怀疑，我是否还能够通过诗歌写作认识世界，塑造自我。有一段时间，我又比较集中地写下了一批充满强烈自我意识的作品。因为我在写作时受到了苏联小说家巴别尔的影响，他的小说在叙述中诗意洋溢，在抖包袱的时候爆发力惊人。这些作品里的某些形象，其实是福建师范大学时期宏大自我的衍化。对于这部分作品，我也是比较自信和自赏的。只是，这些作品也是和本书的主题无关的。

2014年应该算是我的生活和诗歌写作最重要的一个年份。这一年下半年，我进入北京大学中文系进行一年的脱产研修，这一年7月8日，我的女儿也在妻子历经波折之后在北京大学第一医院（妇产儿童医院）这所门诊部古旧、狭小，看起来普通、简陋，其实医生医术高明、医德高尚的医院诞生了。北京大学中文系的诗歌氛围，女儿每时每刻向我展现出来的生命秘密，不仅使我的诗歌写作从以前的灵感阶段性勃发的状态转变为比较恒定的细水长流状态，而且不知不觉间改变了我的诗歌写作的风格。这个阶段，我终于感觉到了自己以后想要写出的理想的诗歌是什么样的。因此，这本诗歌的集子是献给女儿的，既是给予也是感谢。

女儿出生之前，我就为她起好了名字"林苿"，小名"阿苿"。我真不好说，女儿出生在我们这样一个家庭现在是否幸福，以后是否会幸福。但有一点是显然的，那就是女儿在一天天地长大。我经常在心里想，"我们每天都在失去一个你，你每天又在给我们一个崭新的你"。所以，为女儿写诗，或者说女儿促使我写诗，这真的是一种很好的认识女儿、留住女儿的过去的方式。而且，这也许是我唯一善于采取的方式吧。女儿渐渐地长大了，在她进入小学读书之后，我能感觉到，有时她的学习生活和我小时候的学习生活一样都是枯燥的。也许所有人在学习生活方面都有这种特征吧。之所以说到这些，我是想表达对诗歌的谢意。我之所以从那个五行山一样的村庄里走出来，并且一再往前走，就是想摆脱枯燥的生活状态，尝试不断开放自己，而诗歌就是我开放自己的方式。或者说不断寻找、创造诗意是我不断前行的内在的动力。从本书里描写女儿的小学生活的系列作品中可以看到，虽然女儿的学习生活有时是枯燥甚至无趣的，但是她以乐观心态和"天才"语言（思维）也在寻找、创造着生活和生命的诗意。所以，女儿一直是我观察、聆听、学习的对象。就像《白纱布》这首诗里说的"你将是我一辈子要扮演的人"。

女儿是我和妻子第一个心爱的孩子，她也是这个时代、这个国家的一个孩子，当然也是人类的一个孩子。时代已然在女儿的生活和这些诗歌中投下了影子。从这个角度看，我不仅希望这本诗歌集子作为女儿以后纪念、回顾幼年时光的凭藉，也期望亲友和其他读者能从中找到一些回味亲情、感受时代的共鸣。年少的时候，为自己写作，表达自我个性，也许是我们很多人服膺的创作宗旨，但是进入中年之后，我觉得所谓的"个性"并不能在太大程度上、太广的范围里存在，也许找寻、表达出人类的"共性"更是我们应该去追求的目标，哪怕这个"共性"是那么小。当然这个"共性"必须是崭新的（神秘的）、人性的、感人的。上文我提到我终于感觉到自己以后想要写出的理想的诗歌是什么样的，就是能表达出这个世界上冥冥之中人类的一些神秘、微细、感人的"共性"的诗歌，就像本书中的《爱》《香山》《卖花》《买花》和《生活》等这样看起来平淡的诗。

当然，我清楚自己对诗歌写作的这点期待必须寄托在作品的艺术水平上。也就是从诗歌的角度看，我必须站在诗歌发展史的末端来写作，写出"新"的诗。而如何写出"新"诗，我觉得闻一多在《〈女神〉之地方色彩》中说的很有见地，"我总以为新诗径直是'新'的……我以为诗同一切的艺术应是时代的经线，同地方纬线所编织成的一匹锦……我们的新诗人若时时不忘我们的'今时'同我们的'此地'，我们自会有了自创力"。所以如果能"时时不忘我们的'今时'同我们的'此地'"，我想中国当代诗人就可以面对且克服传统诗歌和西方诗歌这双重影响的焦虑，写出"径直是'新'"的诗。纵观我接近三十年的诗歌写作经历，我的诗歌写得越来越"小"了，不管是自我的形象，还是诗歌的境界，还是想象的跨度。但是我希望它们是"新"的，或者以后写出的诗歌能是"新"的吧。

最后说一下本书的结构和插图。本书分成四个部分：成长篇、言说篇、众人篇、自我篇，每部分的作品基本依据创作时间排序。成长篇是以父亲视角来描写女儿的成长过程，言说篇是父亲作为聆听者来记录女儿的言说，众人篇描绘的是亲友、他人，算是父亲带着女儿来认识生命、生活，自我篇是父亲的成长录和一些生活体验，算是为女儿勾画出父亲各个阶段的某种形象。书中的插图是由我北京师范大学中文系的师妹、现在的同事刘向晖绘制的。这些插图和诗的内容有联系，也有独立性，应该算是同题但是又各自表达的平行作品。师妹作图期间正值身怀六甲，辛苦不易可想而知。师妹和我的女儿非常投缘，算是忘年交了。这本书出版之后，希望师妹也能把它作为一份独特的礼物，送给自己的女儿。

本书开篇第一首诗是《芽》，谨希望我的这些变得越来越小的诗歌，是中国诗歌这棵大树上长出的哪怕是微不足道的一个小芽。俗话说，"有苗不愁长"，期待正像小芽一样茁壮成长的女儿长大之后能喜欢这本书。孩子，我相信你以后会为自己而骄傲，希望父亲也能成为你的骄傲！

本书为北京电子科技职业学院社科课题"亲子诗配画的创作与研究"成果。

2022 年 9 月 3 日 北京

目 录

成长篇

言说篇

众人篇

自我篇

成长篇

芽

2015.3.18

称你们为芽应该是人类的误解

不过也有一定的道理

当你们从四面八方伸出

说你们伸出脑袋，伸出手脚

或者说张开眼睛

甚至说长出毛发

好像都不够

更别说永远含在嘴里的牙

不知道如何称呼你们伸出了什么

这是因为我们不知道

你们在寒冷的冬天收回了什么

这也就导致了

在我们短暂的一生中

虽然总是幻想着一年一度回春

但是不知道如何把你们模仿

而之所以说称呼你们为芽有一定道理

是因为你们真的有点像我女儿刚长出的牙

今天，在我快步经过你们

走进教学楼的大门前

你们慷慨地

在我脸上，咬了几下

白纱布

2015.1.13

你拿起一块白纱布

用手指夹住两头

前后牵引着

这让我想起了梅兰芳

我笑了

你也笑了

啊，宝贝

你将是我一辈子要扮演的人

我洗掉舞台外面的风尘

绽放出笑容

和你惟妙惟肖

你是谁

2015.1.13

趴在你肚子的被子上

看着你

你是谁

我是谁

我是走在你前面的人

你要走多远

当然是越远越好了

有你在我后面跟着

你有劲儿吗

老有劲儿了

可是你还是没告诉我你是谁

我说了啊，我是走在你前面的人

红背心

玩着玩着

你趴着就睡着了

我给你盖上我的红背心

你就像球童

穿上了姚明的"11号"球衣

你吸着大拇指

这和李小龙格斗前的刮鼻子也差不离

你把左手放在额头前

这是不是就是大圣的手搭凉棚

我刚想到这

你已经去了十万八千里

观众们都来不及反应啊

我赶紧拿起诗歌的望远镜

追踪着你

舞台

2015.1.17

你仰躺在床上

仿佛统治了世界

我即刻就如古代的宫女

走起路来了

一会儿扮演这个

一会儿又扮演那个

不是我准备了多身的行头啊

他们有着一样的娇柔

是你

一会儿是皇后

一会儿是观众

一会儿又是珠穆朗玛峰

你先创造了一个舞台

我才变成了这样的我

弹琴

2015.1.18

你还只能做横向运动

先练了一阵从仰到俯

又练了一阵从俯到仰

然后就翻滚自如了

前面的东西

你只能用手去够

后面的东西

你只能用脚去踹

但是你并不懊丧

你的需求

你的能力

和我所能给你的

是如此合拍

你横弹着

我给你买的一米五的琴

咯咯的笑声从你的嘴里出来

阳光走廊

2015.1.18

从三号楼到七号楼

楼房中间的道路

是咱俩的阳光走廊

迎着太阳走

我把你抱在胸前

背着太阳走

我让你靠在我的肩上

冬天的阳光非常好

我和你都很需要

但是我能吸收的

越来越少

你就不一样了

你一言不发

甚至打起了哈欠

好像刚刚吃饱

泉水和煤

2015.1.18

你今天的高兴胜过以往

我坐在床上

抱着你坐在我的腿上

你利用已经发展了的腿力

不停上下耸动着

嘴里还哈哈哈地叫

好像在踩着水泵

你的快乐从哪里来

就像地下清澈的泉水

黑亮的煤

你妈叫我吃个苹果

我说不行啊

泉水已经冒涌出来

我都接不住

还有那煤

宝贝已经把它们

踩出了火

苹果

2015.1.18

递给你大半个苹果

苹果很大

你吞不进去

苹果很硬

你咬不动

但是你含着它

吸着它

同时还呀咿呀咿地哼着

好大一会儿

你吸得都快喘不过气来了

我赶紧从你嘴里抢走苹果

就像小时候，从小伙伴嘴里

抢走沾满口水的口琴

大海 (一)

2014.1.24

在阳台，扶你坐在桌子的边上

让你的双腿垂下来

让你提前领略

你的礁石，你的大海

但是你并不兴奋

不远眺

只是巡视周围

然后揪起

把玩着一个网状的护衣袋

莫非这是潜意识里的未雨绸缪

用游戏的方式在把生存彩排

但是我宁愿相信

你这是在给我启示

如何用一个小小的网兜

过滤掉远方惊涛骇浪的大海

雌雄同体

2015.1.24

洗完澡或早晨醒来

你四脚朝天最像什么

像螃蟹吐着泡

像乌龟踢腾着脚

可是你又比它们灵活

你可以把手和脚都送到嘴里

啃个没够

你自己亲吻着自己

你是万用百搭的词根

自从你妈把你生下

她就把一本生命的词典带回了家

每天只要看到你

我就同时看见了生机勃勃

李清照
————
2015.1.25

把手指伸到嘴里掏

大人们一般不这么干

除非喝醉了酒吃错了药

可是你掏得多么艺术

同样是因为恶心

你呛出的声声都是笑

才下眉头却上心头

才下心头又上眉头

你是未长大、未嫁人、未丧国的

纯纯洁洁的李清照

雪

2015.1.25

不算无影无踪的那场

昨晚的这场

算是今年的初雪

早晨开窗

看见车顶上，灌木的叶子上

撒了一层薄薄的盐

它们已经调配好了空气的甜

宝贝，你还不醒呢

我带你去看你人生的第一场初雪

等到你在满床的阳光中醒来

我赶紧推窗察看

这个洁癖者与邋遢者混居的小区

又恢复了脏乱的模样

想一想

也只有在我们的眼里

初雪才一场比一场新鲜

而对于你

不屑一顾才是理所当然

羽毛

2015.1.28

你睡着了

你去了哪里

你的小身体多么轻盈

像一片你的睫毛一样的羽毛

真的很神秘啊

你的两个小鼻孔

明明只是向上柔缓地吹气

为什么却能把自己吹起呢

心跳

2015.1.29

刚抱你到太阳底下

你就睡着了

你又恢复了轻盈的模样

世界真安静啊

我只听到了你的心跳

原来道理就是这样的

只有浪花那细小的节拍

才能驯化胆汁气质的大海

打下手

2015.1.30

世界上什么东西最好

是那照在爸爸臂弯上的太阳

它像一件温暖的棉袄

我穿着它安静地睡着啦

那爸爸呢

爸爸，他是给太阳打下手的

世界上什么人最好

那是和爸爸手牵手的妈妈

她用甜蜜的奶汁把我喂得饱饱

那爸爸呢

爸爸，他是给妈妈打下手的

晒太阳

2015.1.31

那群欢悦的麻雀

每天十点

准时出现在阳光下的树梢上

不知道它们住在哪里

它们太小了

小得足以轻易地隐藏自己

那群轻盈的麻雀

它们在繁密的树杈间腾跃着

斜上，斜下

一直到我们看得眼花

它们的一生不是无尽的直线

不是迷路的圆形

而是穿梭自如的斜格子网

那群智慧的麻雀

它们从不依赖远方

那些南来北往的大雁

它们收获了两大翅膀的经验

但是麻雀们却把快乐

存满了心房

秘密行进

2015.3.13

春天，我们俩在秘密行进着

白天，我一会儿是侦察兵

一会儿是掩护者

有时我也会因此而失神

但你几声"爸爸"的暗号

就使我惊觉，继而唯唯诺诺

晚上，你允许我躺下

闭上眼睛站岗

有时，我甚至发出了鼾声

就像厨房里的冰箱

凌晨，你发出了一声咳嗽

我的心脏立刻准备和你对表

我们俩在秘密行进着

卧底

2015.3.22

你醒了

你还不想起床

春天在你的脸上困住

我拿着衣服伺候

在床的三条边

除了墙壁

逡巡着

你躺着

把世界关进了一个巨大的牢笼

虽然它成功地让你相信

我是你派出的卧底

但我还是不敢

也无能

越过床沿半步

别离

2015.5.1

看见你妈在门口低头穿鞋

你竟哼唧着欲哭

才这么小呢

你就感觉到了别离

可是你学会的第一个手势

竟然也是"拜拜"啊

看来

你已经为一切

做好了准备

"神"

2015.5.2

除了"爸爸""妈妈"

这我们一厢情愿的对号入座外

你还不会说话

大多数的时候

你只是"啊""啊"地叫着

似乎这个音对你来说

已经足够

而且它表达出来的快乐

比我们用任何词语都多

今天早晨

听见你的"啊""啊"声

开门进去看你

你一手扶着床头板

转过身

笑着

看着我

你的身高刚过床头板一点点儿

可是这样的高度

使你看起来多像一个"神"

不是让我们仰头来崇拜

而是用你的仰视

让我们也成为——一个"神"

约定

2015.5.2

你妈和别人约好了

早上带你去公园远足

可是你却迟迟不醒

我们只有让时间在门口等你

也难怪，这是大人们的约定

而不是你的约定

终于盼到你醒了

你妈着急给你穿衣服

你却慵倦地摩挲着肚皮

忙忙叨叨地

终于把你们送出门

家里安静下来

安静得我想像你一样

让时间在门口等我

可是，又是谁

已经替我和谁

做了约定

赶快坐在桌子前

工作吧

吸引

2015.7.22

咱家的床不算大

但是看着熟睡的你

还是觉得你是那么小

可是，你却一直吸引着我

你多像一只水里的蝌蚪

多像一只还在土里的蝉

还有一个果实的核

可是，你却吸引着整个湖

整片树林

以至整个宇宙

所以，我们此刻

在你的床边聚拢着

静默着

顺随着你的呼吸

谛听

2015.7.25

你趴着睡觉

脑袋却侧着

似乎在谛听什么

是在谛听远方的火车

谛听远方的战马

抑或东海上升出的太阳

或者地核的跳动

那些武林高手们

就是通过这些

避免了一次次灾难

或者获得了一次次先机

那么，你在谛听什么

也许，你比他们都高明

因为你更像什么都不听

你只是在做着示范

渐渐地

渐渐地

远方的万物倒伏

包括旁边的我

睡觉（一）

2015.7.26

一个晚上

你可以竖着睡

横着睡

斜着睡

你可以仰着睡

趴着睡

侧着睡

你还可以正着睡

反着睡

在咱家这并不宽大的床上

你多像个灵活自动的旋钮啊

为我开、关、变换着世界

用你

原原本本的自由

睡觉（二）

2015.8.16

你蜷着身子侧睡的样子
像是和这个世界达成了彻底和解

你的玩具们也都歇息了
那个召唤它们的小喇叭
倒扣在床沿上

你连妈妈的乳汁都不需要了

你像蜷缩在世界的一个巢穴里
像蜷缩在世界的一个果实里
甚至像蜷缩在世界的一条小缝隙里

只是
到底是世界为了容纳你而裂开
还是你连接了这个世界的
这一半与另一半呢

一件小事

2015.8.19

校园里，满头白发的奶奶

看着刚会走路的孙女在操场上四处奔走

在一排健身器械下

小姑娘跃跃欲试

"真棒……"

奶奶的话音未落

小姑娘就后仰摔倒

脑袋磕在器械的横杠上

一声闷响

以及一阵随之而来的大哭

把我吓得怔住了

奶奶赶紧把她抱起来

急声安慰着，慌乱地走远

这个时候，我第一次发现

天边的那轮火红的夕阳

真的是可以掉出大滴大滴的眼泪的

因为原来，每个孩子

就是太阳在大地上傍地走的

一根手指啊

只有他们还连着太阳的心

过了一阵子

奶奶抱着小姑娘返回来了

小姑娘已经破涕为笑

天边的夕阳

今天也就安然落幕

炸碉堡

2015.9.26

在五六个月的时候

你就会叫"爸爸"了

可是有那么一两个月

你好像忘了这个声音

最近几天

你又会叫了

尤其是在今晚

你竟然能在妈妈的指挥下

一次又一次地喊着

而且能按照要求

让你大声点就大声点

当你嘹亮的声音

一次次爆破而出

我一次次手捂胸口

就像你冲掉了一道道的堤坝

轰掉了一座座的碉堡

然后每次

你都不明就里地笑了

扇巴掌

2015.12.19

才一岁五个月

我说的很多话

你已大致能听懂

我的话就像一样东西

风驰电掣往南去了

却又倏忽回到了

你的身上

我为了证明这是不是真的

说：你打我一下

你一巴掌扇得我

耳朵嗡嗡直响

笑声

2015.12.19

只要抱起你

世界上甜蜜的东西

就会在我的手上聚集

不管是把你正着抱

还是倒着抱

还是向左抱

还是向右抱

你都能漾出开怀的笑声

它们根本不会迷路

不会堵塞

不管怎样

笑容

都能快速地抵达你的脸庞

雾

2015.12.24

宇宙很大

太阳很小

在雾里

太阳只像个煎蛋黄

我很小

你更小

但你是我的太阳

我是绕你转动的地球

在雾里

我和你的关系

和其他很多东西一起

正越发成为一个秘密

但是我一直相信

在遥远的另一个星球上

也有一个人在看着你

觉得你的脸

就像个小小的煎蛋黄

翻跟斗

2016.4.13

在我和妈妈换被罩的时候

你在床上跑来跑去

一个个地翻着跟斗

同时啊啊啊地叫着

哈哈哈地笑着

你太高兴了

高兴得我看得傻傻地站着

虽然，你翻得还不是很正

有时肩膀一歪就倒成了横滚翻

可是，我竟然产生了这样的错觉：

不是小小的你

而是一座山在翻着跟斗

铜墙铁壁

2016.4.19

咱家住在六楼

每天走到五楼的时候

我都会喊着"宝贝"

而有时走到三楼

你就会喊着"爸爸"

宝贝

你不知道我每天从外面回来

走进小区，都经过了艰难险阻

但是我知道

你的每个喊声

都穿过了铜墙铁壁

"爸爸""爸爸"

不管我在什么地方

你都能把我喊出

特别小的花

2016.6.7

抱着你走在槐树的林荫道上

因为有你，我敢于当着路人的面

对着树下厚厚的落花

大发感慨：掉了好多啊

敢于指着头顶的花簇

大发惊叹：开得这么多

然后我们拐进一个单位的园子

我敢于把一支红艳的陌生的花

拉拢到自己的鼻边

大肆闻着：真香

但是，这些对你来说都是小意思了

于是我们公然穿过

一个内部沟通的私密的小门

进入另外一个单位的园子

直到几棵环拥而立的元宝枫下

我们坐着用小勺子享用一个香瓜

至此，我们对这个世界的进入、占有

已经够深了吧

但是，你嘴里嚼着香瓜

在树下逡巡几步

就又轻易纠正了我的误解

你回来对我说：爸爸，看特别小的花

还有蚂蚁的家

我跟着你走过去，蹲在地上细看

原来，我们进入的

并不是世界潜幽、私密的内部

而是这小如针芥的小花和蚂蚁的

无比开阔的大广场

天上的云

2016.6.11

昨天雷阵雨

冰雹

昨夜刮大风

这一些，都来自

看不见的天上

人力不可企及

早上蔚蓝色的天空

白云的数量正好

不挤不疏

它们或拙或逸

或聚或散

但都很轻盈

很白

而且在不断变幻着形状

其中有一朵像三峰的笔架

可以在上面

搁一支神笔

但是不管什么形状

都是我心中的你

启航

有你去的地方

就有鸟、有花、有虫、有鱼、有树

不管我是抱着你走

还是拉着你走

其实都是你在引导我

每条大路都向前延伸

但都通向了幽处

通向了善处

就比如今天

在一小片柿子林里

我们坐下来

每一片柿叶都献出了它的影子

层层叠加

然后一起被送到了地面

对我来说

这些都是很不容易的

但是你总是若无其事

你就像一艘走在地上的万吨巨轮

只要我愿意

每天早上你就载着我一个人

平静地启航

我的世界被留在了岸上

而道路两旁的世界

也都各行其是地让开了

末班车

2016.6.15

雨后，乘坐晚上的末班车回家

下了车

你和妈妈又在车站等我

我和妈妈各拉起你的一只手

往家走，忽然

你把身体悬吊着

双脚快速、用力地

在地上蹭着、踏着

啊，宝贝

你这是要把地下睡着的蚯蚓给踏出来吗

进了小区，地上有一片水

我横抱起你，涉水走着

忽然，你的双脚又在空中快速、用力地

踢着、甩着

啊，宝贝

你这是要把小区里静止的空气给踢流动吗

走近楼梯，我把你竖抱起来

刚走到二楼的时候

你又忽然尖声高叫：

妈妈，妈妈，妈妈，妈妈

我的耳膜被刺得生疼

但是，我并不想把你抱离我的耳旁

削苹果

2016.6.17

拿起一个苹果

拿起一把刀

先给苹果削了皮

然后问：你要吃什么

我先给你吃一个剪刀

接着吃一个月亮

接着吃一个三角形

接着吃一个璧玉

接着吃一个五角星

接着吃一个阿拉棒

接着吃一个轮船

接着吃一个小石头

没想到一个苹果里面

藏了这么多东西

当我们把苹果里的

这些东西找出来以后

你的嘴也越来越大了

最后，你接过

我递给你的一个飞机

一口就把它吃掉了

吃完了飞机

你随即把你小手中

拿着飞机的小柄

递给我，然后转身

就呼呼呼地飞走了

留着我坐在沙发上

手里拿着苹果的

这最后的小柄

它真小啊

小得就像望着飞机升空的

——送机人

吃石榴

2016.9.7

今天上午，我们什么事也不干

就坐在水边的亭子里

用我们的牙齿

把半个大石榴里的

像我们的牙齿一样的种子

它们的果肉和硬籽，一个个地分开

果肉放到我们的肚子里

硬籽放回大地

然后，再把一个小橘子的

果肉和果皮一瓣瓣地分开

果肉同样放到我们的肚子里

果皮也放回大地

如果这个橘子老一点

我们还可以把果肉和白膜

一丝丝地分开

不知为什么，看来

你对这样细致的工作十分沉迷

因为你时不时忘乎所以地

站起来，一次又一次给我示范

青蛙如何直立着学习蹦跳

猴子如何把手肘支在椅子上练习蛙泳

这些，我有自知之明是学不会了

不过，我和你一样心满意足

而且，在我们把东西都吃完以后

我已经完全明白了其中的原因

因为，上午在不知不觉中

和你在一起的我

已经学会了如何把时间

不是一天一天地

不是一小时一小时地

不是一分钟一分钟地

而是一秒一秒地

甚至一毫秒一毫秒地

——分开

聊天

2016.9.9

今天，天地之间如此透亮

太阳把所有沉落的纤尘

都照亮了

更别说你和我

我们边走边聊着

刚才那条在嗅着大地的狗

"狗狗在舔什么呢？"

"在闻什么味道吧。"

"在闻花吧？"

"是的。"

我们的声音很小，很小

可是，我发现啊

它们一句一句

都上达了碧蓝色的天空

弦歌不辍

2016.10.7

去旅游十几天回来后

你就生病了

感冒，发烧了

但是你的兴致仍然很高

午饭后

你就直接在餐椅上

和妈妈一起弦歌不辍

"啦啦啦，啦啦啦，

我是卖报的小行家……"

而我在旁边打打扫扫

小心翼翼

红色的心

2016.12.25

在床头的墙上

在五斗柜上

在卫生间镜子旁边的墙上

都可以看到你贴的红色的心

它们有的是向左倾斜的

有的是向右倾斜的

有的是端正地立着的

但是不管怎样

它们都在你远行后的第二个晚上

活了起来

于是，不管是床头的墙

还是五斗柜

还是卫生间镜子旁边的墙

就都有了活着的红色的心

芭蕾舞裙子

2017.1.3

你起床后

给你看我昨晚去医院

包扎的眼角的伤口

你问我

"为什么要弄一个白布呢？"

我说

"因为受伤了啊。"

"怎么样，漂亮吗？"

"那你穿上芭蕾舞的裙子了吗？"

"为什么要穿芭蕾舞的裙子呢？"

"因为我想让你更漂亮啊。"

赤脚

2017.1.5

已经十一点多了

你还不睡

还两次光着脚

从妈妈的床上下来

走到我写作的房间

爬坐到我的腿上

要看我在看什么

要我给你讲故事

由此,我想起了

根据古人的端坐习惯

周公在吐哺见客人的时候

应该也是没穿鞋的吧

所以,天底下的人

才和我一样

突然就归了心

嫁接

2017.2.13

从粗糙的、打人的、汗腻的、涂了

指甲油的、数钱的、劳作的手中

从密密麻麻的手中

伸出你的手

在半夜或者天亮的时候

你翻了个身趴到我的胸前

同时伸出手轻轻地

掐在我的脖子上

世界在这些时候

通过你的手

尝试把自己重新嫁接在

我几乎与它隔绝的身体上

漏斗

2017.2.17

今天

在我无暇理你的时候

你先是对着宽口细管的漏斗

呼叫我：爸爸，爸爸……

这让我心头暗乐

好像我是住在某个小洞里

后来，你又对着打开盖儿的马桶

呼叫我：爸爸，爸爸……

这一下子就把我乐坏了

只要你觉得我还可以住在马桶里

我就觉得住在马桶里

是件多么了不起而且美好的事啊

大海（二）

2017.11.8

在你穿上鲜红的连体裙

又脱掉拖鞋之后

我觉得是应该给你一个海了

在苍茫的天空

和郁蓝的大海之间

你的裙子不像是件衣服

而只是一片颜色

而你是纯净的

你太小了

你本就不应该属于

你来自的你出生的那片

大陆中央

但是也是因为你太小了

所以不妨借助人类的一点文明

给你修一条栈道

然后你就撒丫子

跑进去吧

淘气的海风

胳肢得你情不自禁地

一路，给大海演起了

自我伴奏的川剧的变脸

直到最后，你在栈道的尽头站住

似乎你听到了某种叫唤

你开始上下舞动双手

打起了手语

同时嘴里念念有词

啊，你重新开始了

咿呀学语

送孩子

2017.12.6

晨曦明朗

所有的颜色、边界穷形尽相

比如

红的发紫

白的就像你想呼唤的

某个意中人的名字

和其他人一样

我不禁边骑车边数起了

右边楼房上空逆时针盘旋的

黑色鸽群

它们等距离地扯开队列

侧着身子充满弹性地拐弯

每当它们飞隐于楼房的后边

我就在心里说：

再来一圈吧

我还没数完呢

于是它们就又绕了一个更大的弯

飞回楼房的这一边来了

然后保持弧度，一直到

又隐没于楼房的后边

就这样圈越来越大

以便骑车前行的我

每过一会儿

就又能接着数着它们

接孩子

2017.12.26

骑着自行车去接孩子

南方的天空上有一架大飞机

好像定住了

往前骑了几米再抬头看

它还是好像定住了

再往前骑了几米又抬头看

它仍是好像定住了

过了得有一分多钟吧

飞机才又重新移动

拐弯往机场的方向飞去了

就像地上的一辆车

司机踩下刹车歇了一会儿

也像是遇上红灯

它被迫停了一会儿

我幻想着美好的景象

一个人在天上飞

飞累了，向它招手

它停了下来，捎上了他

日记（一）

2018.4.11

把孩子哄上自行车后

急速地往幼儿园赶

到了幼儿园门口

我哈腰点头地

对手持电棍的保安大叔说：

我忘带卡了

大叔说：进去吧

到了班级门口

我又哈腰点头地对老师说：

我忘带卡了，没刷卡

老师说：没事，我跟食堂说声

出了幼儿园

一辆硕大的越野车在拐进小巷时

卡在马路牙子上了

我停车面露同情地等它倒车

司机打开窗户微笑地对我说：

您先过去吧

我朗声说：谢谢

然后快速横穿了过去

到了早餐店点完餐

我走到一张桌子前

又哈腰点头地对对面的一个男子说：

这里有人吗

这个男子说：没有

我坐下，先抬头看了片刻

蓝碧无瑕的窗外的天幕

然后低头吃饭

啊，好久没点这里的八宝粥了

没想到四块钱一碗的八宝粥

下料如此丰富

比我前两天在正定吃的六块钱一碗的

实惠多了

这就是我

一个温良恭俭让的中年人的

一天的早晨

日记（二）

在有着落地玻璃的

两边敞亮的早餐店里

男女老少，各色人等

都在安静、享受、满足地

吃着早餐

他们所有人的嘴，还有腮帮子、下颌

都在从容、协调一致地一张一翕着

而且他们的食物各种各样

这说明他们自认为的幸福的途径各不相同

而且实现了可能

不过我很清醒我不能把这个早餐店

放大到整个世界

他只是像一个小小的食堂

只是比我进去过的任何一个食堂

都让我感动

在每天早晨

能走进这样的食堂

吃饭、冥想的人

我相信是有福的

七夕节

2018.8.17

从下午开始

边看着孩子玩边看书

傍晚把粥熬上

和孩子下楼

出门去一人吃一根冰棍儿

我吃绿豆的

孩子吃奶油的

边吃边买了袋馒头

回家让孩子听着歌

自己去洗菜、炒菜

再煎几个饺子

吃完饭和孩子看会儿球赛

然后让孩子再听着歌

自己去洗碗

洗完碗，再边看着孩子玩边看书

现在是九点半了

我心里此时关心的是

牛郎

这用扁担挑着箩筐里两个孩子的哥们儿

他走到哪了

乐高

————

2019.5.11

你看生活怎么能这样美好

你先是依次给我两个乐高小孩

一个男孩一个女孩

接着要我给你打电话：

喂，120 吗

然后你红色的救护车即刻就到

依次把他俩送到医院

——我的床上

在我的床上你熟练地

给他俩检查、治疗

然后给他们盖上纸巾的被单

——这就住上院了

看医生多么厉害

你看生活怎么能这样美好

你看生活又怎么能这样不美好

你又去拿来一个小熊和一个小猪毛绒玩具

在给它俩包扎胳膊和打针后

把它们和乐高小孩排在一起

然后同样盖上纸巾的被单

——他们都住上院了

不是说开药店最高的境界是

药都卖不出去

开医院最终的理想是门可罗雀吗

你看生活怎么能这样不美好

你看生活也许就应该这样美好

等你跑出房间再次回来的时候

我突然被你感动了——

你抱来了你几乎所有的毛绒玩具

它们挡住了你的肚子、脖子

它们全都病了

但它们都将轻松地得到治疗

看着它们一个个地被你摆在床上

都盖上了纸巾的被单

——它们都安静地休息着

你看生活不就应该这样美好吗

爷爷奶奶

2019.7.16

在爷爷奶奶

还没来北京的时候

你就说

爷爷奶奶来后

不用我们去幼儿园接你

让爷爷去接

爷爷奶奶坐着高铁来了

你到地铁口接他们

带着以前说要送给爷爷的

一个小杯子

到了家里

你给爷爷看你的

这东西

那东西

声音明显放大

和他聊个不停

临睡前

你到奶奶睡觉房间的床上

奋力蹦蹦跳跳

说这是你的游戏室

又到爷爷睡觉房间的床上

奋力蹦蹦跳跳

说这是你的另一个游戏室

奶奶说

虽然爷爷只是来看过你一个月

但是你真是会和他亲呢

我嘴上说是

其实心里在说

你不是因为

爷爷是你的爷爷

才和他这么亲

你是

太孤独了

追逐

2019.7.16

带着爷爷奶奶

步行三公里

去参观你的幼儿园

返回

刚抵近一个街边小公园

就听到有人喊：

林芾——

进去一看

是你的几个幼儿园同学

他们拿着各种玩具枪

立刻

你开始疯跑起来

金芮依追着你

王梓硕追着金芮依

顾浩桐追着王梓硕

你们在这小园地里

快速绕着一个个的圈儿

或者在纳凉的人群中穿梭

不是好人在追着坏人

也不是帅哥在追着美女

你们就是

一个小孩

在追着

另一个小孩

在暮色依稀的地表之上

卖瓶子

2019.11.26

看外面阳光高照

我们可以去卖瓶子了

你说你拿那一大袋

我拿少的

下台阶的时候

大袋子挡住了你的眼睛

我说我帮你

你说你要自己抱着

出了楼门

才发现风很大，好冷

走到离小区东门挺远的收购点

只有一辆留着电话的三轮车

收破烂的人估计是避风去了

我说去西门那边吧

那边也有一个收购点

就是有点远

去吗

你说穿过小区就到了

再远又能有多远

不过你还是答应我帮你提袋子了

到了西门，连收购点都没有了

我们走出西门接着找

发现门口有阳光

空地上有大片的落叶

我们就在叶子上跳起来，听"嚓嚓"声

跳了一圈，接着沿着围墙往东走

这时候我们不冷了

又走了一段路

发现了一大堆高高的落叶

我说踩进去吧

你踩进去，嚓嚓

你的鞋就看不见了

你跳起来，又踩下去

你的鞋就一会隐身

一会儿又出现了

我说我也踩

于是我的鞋也一会隐身

一会儿又出现了

今天我们没有把瓶子卖成

但是我发现

你越来越像我的一个伙伴了

我们在一起

年龄似乎折中

我不像我本应的那么大

你也不像你本应的那么小

毛衣

2019.11.27

冬天到了

阿苇的妈妈

给我买了件毛衣

毛衣深蓝色的底上

排满了白色的小绵羊

这些绵羊一排头向左

一排头向右

仔细看

在我的左腹部有一只独特的粉绵羊

阿苇说这是一只羊王

第二天早晨

起床准备送阿苇去幼儿园

我穿上了这件毛衣

可是忙中出错穿反了

——脖子有点勒，羊王也不见了

我赶紧给它倒穿回来

时间不到五秒

但说不定这是这只羊王

这辈子唯一一次

跑到了它统治的世界的背面

看见了不日常的风景

午睡

2019.12.14

周末的午后

你妈妈说要午睡

我也说要午睡

你说你不睡觉

你妈妈进你俩的房间躺下了

我叮嘱完你不能做这不能做那

也进我的房间躺下了

知道你趴在沙发上看书

也听见了你叫妈妈

似乎和妈妈说过话

混混沌沌好像睡了一会儿

清醒了又在床上赖了一会儿

忽然感觉客厅里一片寂静

我从被窝里爬出来

走到客厅一看

你竟然躺在冰凉的砖地上睡着了

你的身下铺着一块大丝巾

身上盖着另一块大丝巾

头下则是用折叠了几叠的

一块小丝巾盖着两本很薄的书

顿时，我感到十分内疚

从我进房间到现在

有一个多小时了吧

我和你妈妈好像

把你丢了一个多小时

跳水盆

2020.2.14

下大雪了

客厅里

以前下大雨都不漏

现在屋顶的细缝

竟然断断续续地

往下渗着水滴

搁两个水盆接着吧

只能以后再上屋顶修理了

可是你却开始

玩起了跳跃水盆的游戏

啪——

脚底一滑摔倒了

你即刻说没事儿

你跳就是为了摔倒

来回跳了好几次

你抹了一把额头——流汗了

但是你又对我说：

你知道，流汗了

我为什么还要跳吗

因为滴下来的水

可以给我降温啊

眺望

2020.2.21

傍晚
从家里的窗户向外
眺望

发现两排楼房
中间的小轿车
从来没有停得这么满
从来没有停靠得这么整齐
背靠背的两列纵队

但是它们不像
远航归来的
停靠在港湾的船只

而像
一只只黑色的沉重的巨锚
少数几只是白色的

滨河公园（一）

2020.3.7

连着几天的大晴天

今天终于赶在三点半

太阳下山之前

出门了

虽然把目标定在滨河公园

但是心想着

今天只是出来坐着晒晒太阳

就像一个打开的玻璃瓶子

尽量往里装装阳光

可是对你来说

晒晒太阳怎么能够呢

公园里小山坡上的方砖

对我只是一块块踏板

对你却是弹簧，是琴键

跟不上你蹦跳的步伐

我背着手走着

观望着你

这时候忽然明白

袖手旁观这个词

原来专门属于中老年人

公园里的沙滩、秋千、滑梯

你都要玩

我说过几天吧

过几天再让你来玩

可是你又说要到

河对岸的公园的那一半去

我说过河的堤坝已经被化冻的水淹没了

走过去需要踩着石头

话刚说完

你就一溜烟跑去找石头了

知道你找不着，也搬不动

只能去给你找来两块砖头

然后抱着你

踩着它们和别人已经放置的几块砖头

迈过去

我感慨着

看来所谓的

逢山开路、遇水搭桥

也属于你们啊

一把你放到河对岸

你就又一溜烟跑远了

等我追上你

你已经坐在了河边的

一个长得像牛角面包的

胖墩墩的雕塑上

下来，下来，脏，脏

我恨不得

给这里的所有游乐设施

都贴上封条

可是在你眼里

它们都像是你自来熟的朋友

刚给你赶下牛角面包

你又冲向了

远处一排台阶旁边的

倾斜的大石板

——那又将是你的滑梯

爸爸，我还要踩着石头过河呢

只能满足你了

可是这一趟

在我小心翼翼先踩几步

试试石头是否稳当的时候

你已经偷偷跟在了

我的身后

看你的鞋快要踩进水里

惊慌中赶紧去扶你

得，俩人的鞋都泡水了

过了河，骑车往家走

我又开始感慨

常在河边走哪能不湿鞋啊

你在车篷里说

你这才走了一次啊

然后

哈哈哈哈的大笑声

从车篷里冲涌出来

滨河公园（二）

2020.3.9

春天来了吗

刚到公园门口

就看见一个颤巍巍的大爷在挖蒲公英

他已经挖了满满一袋

进到公园里头

看见三四个工人

用钩、耙、笊篱等十八般武器

在疏浚着长满了水草的河道

看见十几个工人

一会儿群声喧动

一会儿杭育杭育

一会儿铿铿铿地在修建着钢铁的桥

还看见河那边远处有两个工人

一个人扶着梯子

一个人在锯着枯干的树枝

还有一个胖乎乎的半大小子

用网兜在河边捞着蝌蚪一样大小的鱼儿

一路奔跑的女儿捡到了一块小石片

她把它砸到河里

嘭的一声

水面向我们荡来一个越来越近的大涟漪

溅起的水花分散到四周

又荡开了一个又一个的涟漪

啊，春天就是这样来了

其中有的生命已经被遗弃

有的人在帮它梳理

有的人在索取

有的人在嬉戏

我和女儿

顺着河岸往上走

发现这个公园是包不住河流的

从桥底下过

过了一座桥还有一座桥

这个公园只是围住了两座桥中间的地界

而春天啊

正源源不断地

从遥远的西边

一路汩汩地向我们流淌过来

流到东边的远方去

迎春花

2020.3.14

听人说迎春花已经开了

我和女儿

便以此为目标

多次去枣林公园寻找

第一次去都还是小花苞

第二次去发现了七朵小花

第三次去发现了十三朵小花

第四次去已经是一片黄花烂漫了

今天是第五次去，还是一片黄花烂漫

同时也满地黄花堆积

一老一少两个女的站到了花前

年轻的可能是女儿或儿媳妇

拿着手机拍照

老太太摘下口罩

露出了羞涩的微笑

然后再有条不紊地重新戴上

我女儿则被地上的落花吸引

她捡了好多放在她的小自行车后斗中

带着它们在公园溜了一圈

说是带它们去兜风

还说要带回家

把它们养起来

花掉地上了还能养

我第一次听说

在我的限定之下

她只带了两朵回家

到家之后她找出一个小碗

又往碗里装了一些沙土

然后把这两朵迎春花插入土中

最后小心翼翼地浇上水

——这就是养了

到了深夜

女儿已经睡了

我去看了下碗里的状况

两朵花竟然都还保持着绽放的样子

而且花瓣下的那圈小花萼

好像还舒展开了一点点

看来这已经落地的小花还是花啊

女儿再短的顾养也是养啊

ABCD

2020.3.16

买菜回来

走到楼门口

听到四个小姑娘在商量

她们要依照各自的年龄

或者居住的单元

分别起个代号：A、B、C、D

我侧耳倾听：

我外婆的耳朵可好使了

你们一叫我的名字她就会听见

上楼回家之后

我开始做饭

等我关掉抽油烟机

就听到窗外楼下

传来一浪浪的

哈哈哈的欢闹声

没有人问我

没有一个外婆

也没有一个警察

如果有人问我

是谁在小区里喧哗

我会笑而不语

同时心里想着:

我可知道

是 A、B、C、D

复苏

2020.3.21

今天带着孩子出去

看见一年四季都是露天摊位的

一条街上

一位大姐的缝补摊子开业了

有人正在光顾

过活的大姐、大叔们

谢谢你们，也恭喜你们

又开始

填补我们无伤大雅的漏洞

修理我们可有可无的细节

卖花

2020.3.23

小区门口两边的便道上
都是快递摊子
今天在左边的一个快递摊子旁边
竟然有一个孕妇
坐在马路牙子上
在卖五六盆小小的盆栽
其中有一盆是火红的马蹄莲
她的丈夫坐在旁边陪着她

"卖花了——买花吗？"
虽然我没想着买
但是我还是向她点头致意

从公园回来的时候
我对女儿说：
去看看卖花的阿姨还在不在
买盆花吧

可是走到那一看
她已经回家了

还在妈妈肚子里的小宝宝
你是否听到了
妈妈"卖花了"的动听的声音

买花

2020.3.25

今天再次经过小区门口的便道

发现那个孕妇又在卖花

女儿这回坚持

现在就把花买上

不然等会儿回来她又回家了

我说：好，你自己挑一盆吧

花都不大，有十块钱的和五块钱的

女儿迟疑了一会儿

挑中了五块钱里最小的一盆多肉

等从外面回到家

我问她：

你为什么就选了最小的一盆呢

那一堆儿里的不都是五块钱吗

女儿说：

因为只有最小的还没开花

我想看看它是怎么开花的

开春

2020.4.4

今天公园的管理员

终于在湖坑里铺开了

卷起来一个冬天的

弹性十足的体操毯

湖岸边立刻聚集了

好多六七岁的小孩子

有男孩子，也有女孩子

他们把一块块拙实的鹅卵石

扔向湖面

嘭——

嘭——

嘭——

一声声脆响的声音

在透亮的体操毯上跳跃着

生日

2020.4.18

枣林公园

这是圆明园或者颐和园

切出来的一小块蛋糕

小山坡上一整片一整片的郁金香

是炉火纯青的

红色的、黄色的、白色的、紫色的

小蜡烛

这蛋糕应该再小一点

这蜡烛可以再少一点，再小一点

让这公园里的每一个人

都可以回家

和家人一起

或者只自己一个人

深情地庆祝

北京——

这我们土生土长的

千年古都的生日

下雨

2020.6.25

闷热的夏天来临

每天的跑步换成了散步

今晚在凉风中刚走到街边的绿化带

就看到了乌云密布的天空中的闪电

然后一滴雨滴到我的脖子上

继而一滴雨滴到孩子妈妈的头上

再而一滴雨滴到了孩子的脸上

等又一滴雨滴到我的身上的时候

我说：赶紧回去吧，要下大雨了

紧走到十字路口，却遇上红灯

等待一分多钟，然后接着大步流星

可是刚赶到小区门口

大雨就啪啪啪地下起来了

没有地方可躲，而且家里的窗户没关呢

硬着头皮冲进小区大门

雨点越来越大，越来越急

打在身上真的是透心凉啊

等到雨水大到瓢泼

劈头盖脸浇淋在我脸上的时候

"啊——哈，啊——哈⋯⋯"

我不禁发出了大声的呼叫

——这是这几个月来

我第一次在室外

在天地之间发出了这样既慌张又欢快的呼叫

下吧，下吧，大风雨

这是遥远的天空的呼叫

香山

蒙蒙细雨中

我一手抓着女儿的胳膊

一手拄着登山杖

小心翼翼地下山

突然"啪——"的一声

我俩回头一看

一个高个子帅哥摔得四脚朝天

同时带倒了和他共撑一伞的美女

他俩显得很狼狈

帅哥摔得一时有点懵

美女坐在地上也扶不动他

"没事的,我们刚才也摔了几跤。"

我安慰他俩

"那你们也小心点。"

美女笑着回应

到了山底下

我俩坐在路边休息

又看见了他们

从出山的平缓的坡道上

向我们走来

帅哥昂首挺胸迈步

估计没看见我们

美女则挽着他的胳膊亦步亦趋

真好啊，他又恢复成一个

自信、威武的男人

光

2020.9.29

也许是后半夜的拉拉扯扯的雨

拖延了晨曦的来临

在我起床准备去上班的时候

屋里还是黑蒙蒙的

因为怕吵醒孩子

我蹑手蹑脚走到大门后

打开手机上的手电筒

把它朝下搁在旁边的鞋柜边沿

然后坐在小板凳上

有点着急地穿鞋

这时候我忽然感觉我的右耳朵有点反光

我转头一看

在离我七八米远的狭长卫生间

没有被窗帘遮住的磨砂玻璃的底部

透出朦胧、温柔的白光

刚才是它们穿过了卫生间打开的门

和厨房开放的垭口

照在了我的耳朵上

我挪动了下身子

侧坐着，正好

不偏不倚

这一小片光照在了

我的鞋面和我系鞋带的双手上

女儿的阳光

2021.9.8

傍晚，一场雨在酝酿当中

秋天把抑郁打满了

校门口的每一片树叶

女儿跟随着队伍

从校园里出来

坐上自行车的后座

立刻说：

我们陈老师现在在学校里太受欢迎了

他不得不戴上帽子拉低帽檐儿

穿上不是他的风格的衣服

还要装得矮一点儿

这样才不会被人追

还有，他在走廊里不能说话

因为他的声音是独一无二的

女儿的
社会实践活动
————————
2021.9.21

学校的社会实践活动

女儿和李政诺、胡芮、刘允儿

选择到公园里种植物

到了公园，李政诺去卫生间了

她们三个从李政诺的书包里找种子

找到了一个棕色的小袋子

摇一摇，沙沙地响

打开一看是小小的圆圆的东西

等到李政诺回来

她们对他说：

我们已经把你书包里

小小的圆圆的种子种到土里了

李政诺说：

啊！那是我的玩具枪的子弹

**女儿的
课外玩耍**

2021.9.21

星期一的课后

女儿和刘允儿约好了在学校旁边的公园玩耍

在公园里

她和马睿、李辰宇、李子佳一边追逐着刘允儿

一边大声地给刘允儿打广告：

看啊，这就是二年级三班的班长兼体育委员

竟然是这么疯狂的一个人

**女儿的
健美操课**

2021.9.21

今天我们在操场跳健美操的时候

大兴医院的那个高楼的一个窗口

挤满了穿白大褂的医生和护士

他们在看我们

后来，那里只剩下了一个人

而且把头转了回去

应该是在招呼其他人

接着一起来看我们跳健美操

女儿的
酒窝同学

2021.9.27

李辰宇肯定是有酒窝的

因为他不管做什么事情

总是笑，总是笑

这样大家就都知道

他是有酒窝的了

女儿的武术老师

2021.9.27

秋雨连绵的放学高峰

女儿从翘首以待的家长的夹缝中挤出来

同时我看见了一个瘦高个男青年

长风衣的后摆一晃，返回学校里去了

我猜想这是女儿的武术老师

女儿立刻主动印证了我的想法：

今天下雨，武术课在教室里上

武术老师刚进班里的时候

我们都怀疑他是一个侦探

因为他穿着一个大斗篷

后来他给我们看武术表演的视频

我们七嘴八舌地问他

会不会打少林拳

会不会打八卦拳……

他都是戴着口罩笑眯眯地说不会

这样我们就完全认定了他是一个侦探

女儿的路遇

2021.9.27

过了红绿灯

女儿在自行车后座上说

爸爸，刚才那个人好开朗啊

为什么呢

因为他看我在玩橡胶恐龙

就问我这多少钱

我说这是学校订的杂志里捎带的玩具

算在杂志的钱里了

他这样，就和我认识上了

然后绿灯一亮

他立刻跟我说

可以走了

我说

他是一个交通协管员

女儿的英语课

———————

2021.10.25

今天英语课学说数字

老师说"twelve"

让大家跟着读

有人读"跳舞"

有人读"跳府"

有人读"跳——"

我肚皮都快笑破了

我的笑点很低很低

我这笑点是被洪浩桐带的

他的笑点很低

可是他现在却不爱笑了

因为他变成了

一个很深沉的人

**女儿的
哭泣同学**

2021.9.27

今天中午

李政诺不知道为什么哭了

这时候老师不在

大家都大声喊

李政诺哭了

李政诺哭了

只有我大声喊

李政诺的眼睛出水了

李政诺的眼睛出水了

街心公园

2022.4.1

目力所及的

方圆一百多米的

小公园里

女儿和她的几个同学

转眼消失在

并不浓密的树木

各种景观石

和游人之中

我有点不放心地

在公园中央

四处张望

只能偶尔发现她们的身影

偶然从某个地方斜刺而出

然后倏忽又不定向地折返而去

对于她们来说

这个春天的小园子里

处处都是路

每条路都没有指定的方向

她们也不需要方向

她们只是自由奔放地撒腿跑着

而我

却一直只是踱踱着

我看见旁边另一个孩子的爸爸

也和我差不多

他肩膀挎着孩子的书包

胸前挂着孩子的水壶

踱两步，静立着观望一会儿

又踱两步，如此反复

相比于孩子们

我们都已经是在春天里

动弹不起来、迷路了的

中年人

言
说
篇

外婆去哪了

2016.6.4

你从橱柜里翻出一套西餐具，
拿起其中的一把叉子

这是什么啊

外国人吃肉用的叉子啊

外婆用的

外婆去世了

去看电视了吗

是

去上班了吗

是

去买裙子了吗

是

去看电脑了吗

是

去看星星了吗

是

真乖

妈妈在给你讲故事

这是月亮下面的一个白色的小蛋蛋，躺在

树叶上睡着了

嗯

有一天，太阳出来了，一只又小又饿的毛

毛虫钻了出来

嗯

第一天，它吃了一个苹果

嗯

第二天，它吃了两个梨

嗯

第三天，它吃了三个李子

嗯

第四天，它吃了四个橙子

嗯

第五天，它吃了五个草莓

嗯

第六天，它吃了一块巧克力蛋糕、一个冰

激凌甜筒、一条酸黄瓜、一块奶酪、一截

火腿、一根棒棒糖、一块樱桃派、一条香

肠、一个纸杯蛋糕和一片西瓜。到了晚上，
毛毛虫的肚子好痛

嗯

第七天，毛毛虫吃了一片又嫩又绿的叶子，
肚子就不痛了

嗯

现在，毛毛虫已经是又大又胖的毛毛虫了

嗯

它给自己做了一个小房间，睡在里头

嗯

过了两个星期，毛毛虫咬了个洞，从里头
钻了出来

啊！毛毛虫变成了又大又漂亮的蝴蝶

像是放鞭炮

玩耍（一）

2018.6.16

在运动用品商场

这是四岁小孩才能玩的

这是十四岁小孩才能玩的

爸爸你几岁了

我都四十岁了

那你可以玩的东西太多了

玩耍（二）

2019.4.6

在公园

爸爸，你来跟我做个游戏
从这里钻过去
然后爬上去
然后滑下去

爸爸，再来这里玩
从这里爬上去
再爬上去
然后滑下去
这块石头更好玩
我都五百年没爬了

我跟着她把所有游戏
依次完完整整玩了一遍
不惜把裤子磨脏、磨破
真的很好玩
我这是有五百三十多年
没爬过这块石头了

游乐场

2019.5.3

这个地方是不是很好玩

好玩得你都怎么样了

好玩得我都忘了自己几岁了

你呢

好玩得我都忘了自己是女孩了

蚂蚁的家

2019.5.3

幼儿园晚餐的花卷儿，有一小块沾在鞋上。

回到小区自家的楼下，花卷块掉在地上，

一只蚂蚁正好经过

爸爸，蚂蚁会把花卷儿吃了吗

会的，它这是回去报信儿

那如果明天早上花卷儿不在

就是它家很近

如果明天早上花卷儿还在

就是它家很远了

历险记

2019.5.12

但愿你的指甲

再也不要长白点了

没关系

那就有一部

《历险记》的动画片了

伤疤

2019.5.18

我摔跤的地面

和这里的一样硬

而且是石子儿的

那你下巴上的伤好了吗

快好了

就剩一点点红

以后想看还看不到了

你可以给我拍个照

不过这样

你也不是从我的下巴上

看到的了

反义词

2019.5.31

爸爸

我给你讲一本

有反义词的书

小鸡开了一个派对

胖猫和瘦猫来参加

高狐狸和矮狐狸也来参加

分别带着大礼物和小礼物

远处的太阳和近处的篝火

每个时候

2019.6.3

每个时候都有人在洗手吗

有

每个时候都有人在开车吗

有

每个时候都有人在堵车吗

有

每个时候都有人在穿臭鞋吗

有

每个时候都有人在扣星星和发星星吗

有

每个时候都有人在回家的路上吗

有

每个时候都有人死亡吗

有

每个时候都有人出生吗

有

借伞

2019.6.16

下雨天，我抱着你走路，你举着伞，一个
老太太骑车经过

爸爸

那辆车

也借用了一下

我们的伞

孟子

2019.6.16

参观完国博，回家

妈妈：你们看见什么了

爸爸：她还认识孟子呢

女儿：孟子是《三字经》里的演员

134 | 切切诗语

字谜

2019.7.20

爸爸

除了"中"

还有一个字

像羊肉串

只是它多了

一块肉

请问

这是什么字

有什么关系

2019.7.23

别在家里玩滑板

把地弄脏了

那有什么关系

玩滑板是事情

弄脏了只是感受

巨人

2019.9.10

我觉得这个世界上没有巨人

只有扮演的巨人

雨滴

——————
2019.10.17

小雨后，从幼儿园骑车回家

爸爸

树上滴了一滴水

在我的头上

爸爸

树上又滴了一滴护发素

在我的头上

爸爸

树上又滴了一滴水

把我的头冲干净了

下雨天

2019.11.8

你从幼儿园借了本绘本，指着标题问我

爸爸

这是"大"雨天

还是"小"雨天

这是"下"雨天

那有"上"雨天吗

秘密

2019.12.14

爸爸

我给你说个秘密

你别告诉张老师

今天张老师问

鱼缸里有十条鱼

死了两条

还有几条鱼

全班只有我举手说

还有十条鱼

张老师问我在家练过没有

我没说和妈妈在家练过

说没有

你别跟张老师说哦

好的

我也去

2019.12.14

今天

接林苔的时候

林苔问金芮依：

我去扇子公园，你去吗

金芮依说：我也去

林苔说：我也去

林苔说：干脆都改名叫"我也去"得了

于是林苔叫金芮依"我也去"

金芮依也叫林苔"我也去"

出了校门

林苔骑着滑板车走得快

她从前边回过头

对着金芮依大声喊：我也去

金芮依也对她大声喊：我也去

玩玩具

2020.1.12

我玩了一会儿睡了一会儿

又玩了一会儿又睡了一会儿

又玩了一会儿又睡了一会儿

我真羡慕你

可以想玩就玩想睡就睡

那我送你一个玩具呗

可是我怎么能够玩着玩着就睡着

玩开心了

看武侠片

2020.2.17

他们是在跳舞吗

他是头上粘了很多白毛吗

不然年纪那么大了身体还那么好

骑车

2020.3.23

今天还是到公园练骑车，正骑着女儿突然
停下，在我的耳边说

我听好多家长说
你也可以的，你看看那小姑娘

看来我以后得常来这里骑车
不然他们就没有榜样了

拉丝儿

2020.3.26

今天午饭的汤是紫菜汤

这紫菜像拉丝儿

是，紫菜是大海的拉丝儿

我爸爸是国家的拉丝儿

快吃饭，吃完叫我洗碗

这句话是我爸爸的拉丝儿

漂流瓶

2020.4.19

如果我的漂流瓶
被坏人捡着了怎么办

坏人才不屑于看呢
他忙着干坏事呢

坏人的女儿可以看啊

李小龙获得全香港中学生拳击冠军：

这是他的第二个全香港冠军了

布莱尔教李小龙拳击：

李小龙一共有四个师父了

李小龙和大师兄、木村对练：

李小龙对他大师兄比对木村好一点

为什么呢

因为大师兄倒了，李小龙扶他起来

木村倒了，李小龙让他自己起来

李小龙和琳达某次接吻：

这是第四次吻

我说李小龙三十多岁就去世了：

李小龙到了坟墓里

会不会找土打架

李小龙在给徒弟示范日字冲拳：
哈哈哈，比自行车轮还快

李小龙被黄皮小子暗算，医生宣告他会
瘫痪：
李小龙他会开启一种不用脚的武术

坐在轮椅上的李小龙，为了扶住快要倒
地的儿子竟然站了起来：
人为什么有时候会为了做一件事而不顾
其他危险呢
就像我玩沙子的时候，会不怕沙子跑进
我的眼睛

下冰雹

2020.6.26

妈妈：昨晚魏善庄的冰雹很大，你看——，你看——，都打坏了

爸爸：这是雹灾啊

女儿：爸爸，可是冰雹可以弹奏啊，只要你顶着一个玩具钢琴出去，就没事了

蛇

——————

2020.8.8

爸爸

动物里有些是没有手脚的吧

是

比如蛇吗

对

那如果蛇犯了罪
手铐该铐在哪里呢

众人篇

长城长

2020.8.13

长城长

长城下面是家乡

手中笤帚一把

脚下青石几方

晨起我先把庭院扫

院子清爽我再叫爹和娘

小说家巴别尔

2013.4.19

许多人写作

就如用安全舒适的救护车

护送着人性的豆腐

慢一点，慢一点

别磕坏了它

而巴别尔写作

则是大刀阔斧

砍削着人性的钢铁

匠石运斤，三刀两刀

得嘞，您呐

芍药居地铁站

2014.1.5

下午三时

芍药居地铁口的小广场

西归的太阳回视的地方

广场的各个位置

都静坐着一个人

我在一棵赤条条的树下站了一阵

又到另一棵树下站了一阵

不管我走到哪

太阳都直射着我的脸

——令人闭眼的温暖

怪不得大家都那么静

原来每个人都有份

太阳，你用魔力

给了每个人一个你

三两辆汽车在周围缓缓地绕行

像是在游戏

多美好啊，给我们这样的时辰

不用想着去爱别人

只是来这里接受你的爱

然后

乖乖地跑回

地铁的站台

北大记忆

2014.9.29

在去农园吃饭的路上

前面走着看车的阿姨

她伸直右手

挨个拍打着自行车的座椅

"啪——"

"啪——"

手头这样重

明显不是在算计

可也不像在撒气

因为她的脚步从容得

让肚子饿的我

有点着急

阿姨为什么要拍车呢

来旅游的总角小姑娘

抬头问她的爸爸

爸爸没有回答……

啊,小姑娘

多少年后

这闻名遐迩的大学

你能记住的

也许只有这些被拍的座椅

而我最难忘的

则是你

生活并不需要大名气

有时需要不明就里

或者我们只要一点点的新奇

八达岭长城

2014.10.26

长城的作用本来在于防御

现如今的作用似乎仅剩攀登

不过这已足够

一个挂着拐杖的大爷似乎

焕发了青春：

就是要有这种精神——无高不登

当我们爬到最高点北八楼的时候

蜿蜒的长城忽然陡峭起来

把我们一骨碌

倾卸在回城的列车上

就像万吨的货车

卸掉一车煤

没有一个煤块

能停留在翘起的车斗上

我们在列车里

或仰躺，或瘫坐

穿着制服的列车员

见惯了这一切

静郁非常

槐树

———

2014.10.26

比起银杏、黄栌、槭树、栾树

我执拗多了

不过太坚持自我

就会孤芳自赏

当我给枯黄的秋天

戴上绿帽的时候

人们却跑到香山

跑到八达岭

去凭吊红叶

说它们的死亡很美

牙齿

2014.10.30

多么干净的牙齿

干净得就像没有吃过东西

干净得像它们在互相打量

并且欣赏自己

干净得像是两排琴键

没有人舍得、敢于用手弹起

多么干净的牙齿

万物对我们如此仁慈

它们平静地走进我们的铡刀

没有呻吟

也不留下任何印迹

战斗

2015.1.6

年轻的民工和我

并排挤在地铁的门上

亲兄弟都没这么近过

他十指交叉举在胸前

保护着自己

瘦小的身材

手指却很粗大

指甲盖上还沾着泥沙

看来他练的是铁砂掌

铁砂掌

这功夫我练过

以前在老家的时候

现在我和他只是

暂时挤在一个战壕

这个暂时就是三站地

黛玉（一）

2015.1.11

我不是贾宝玉

却在三十六岁的时候

想起黛玉

那个少小离家的黛玉

那个贾雨村没教坏的黛玉

那个没有对第二个人动情的黛玉

那个面前损人背后被人损的黛玉

那个走投无路的黛玉

那个吐出鲜血染红手帕的黛玉

那个把待遇留给我的

写诗的黛玉

黛玉（二）

2015.1.12

冬夜里

想起黛玉

那个从南国迁到北国的黛玉

那个寄寓王府大院的黛玉

那个无法落地生根的黛玉

那个爱干净的黛玉

那个短暂虚荣的黛玉

那个魂似落花的黛玉

那个碧血丹心的黛玉

那个染红了一栋楼的黛玉

那个染红了我一夜梦的

我们林家的黛玉

黛玉（三）

2015.1.12

地铁里

想起黛玉

想起在家练字的黛玉

想起出门赏花的黛玉

想起一辈子只爱写诗和爱一个人的黛玉

想起爱一个人不能说不能求的黛玉

想起只能等待的黛玉

想起暗中高兴却掩不住伤心的黛玉

想起一个谜底就把她击垮的黛玉

想起无处凭吊的黛玉

闻一多

2015.1.19

想起闻一多

想起写《红烛》的闻一多

想起写《死水》的闻一多

一多拿着红烛去烧死水的泡

听人说那泡可以被火燃烧

想起研究《诗经》的闻一多

想起声嘶力竭演讲的闻一多

想起因为口渴

饮下一颗子弹的闻一多

对有的人来说一个都已经太多

而对我们来说一个实在太少

致友

2016.9.21

张江艺

这个我进入北京的领路人

晚上八点的时候给我短信、电话

说他在我住处附近培训

我九点多的时候看手机赶紧给他打过去

他已经在我小区周围

兜了一个多小时的圈子

我说：我去找你吧

他说：我去看看你的孩子

等我跑到小区门口接到他

才发现他还提着一箱牛奶

他说：我忘了你家在哪了

也只坐了半小时，他就走了

但他的这次来访却一直在我心中淹留不去

我想，像他今晚这样的迷路

应该就是十多年前他能引领我

进入北京的原因

变形记

2018.1.5

辨识不清楚是壁虎还是蜥蜴

已经完全被压成了

一张薄片

只有两颗黑眼睛

似乎还炯炯有神

不知道是被谁

或者被什么车轧的

我没有在现场

但是我现在忽然

有一种十分强烈的愿望

在它的身体被压扁的瞬间

有什么东西从它破裂的皮囊的缝隙中溜掉了

完好无损

而且我甚至可以接受

明天早上醒来

你发现我

变成了一只壁虎

或者蜥蜴

中年汉子

2018.4.9

登上北京去石家庄的火车

座位旁边是一位去太原的中年男子

紫棠色脸，黑白斑驳的短发

他一手始终围护着两根树枝

树枝的根部用蛇皮袋包住放在腿上

我问他：这是什么树苗

他说：是樱桃

我说：樱桃好吃树难栽

他说：是

上车时芽掉了一个

原本一共有九个

说着他的眼睛又在树枝上寻摸着

好像又在一个个地数着那些芽

有人安慰他：没关系，掉了还会长的

他说：不会的，掉了的就不会再长了

一直到我下车，那两个樱桃枝

都一直安然无恙地直立着

在起先他说完那些话的时候

我好像已然接受他中年的衰老了

保定司机

2018.4.9

坐火车到达保定火车站

为了赶下一趟回北京的火车

打车去吃饭

上了出租车

我说：去最近的"北斗星"

司机看起来有点疲倦地歪着头

我的话音刚落

他歪着的头快速一点

即刻就发车前行了

在等一个红灯的时候

一个大爷在分发售楼广告

走到我窗边

我心想，我肯定不要

但是司机竟然把窗户打开了

对我说：帮我接下

司机接过去两本广告

说：都不容易

同时把它们插在两个座位中间的夹缝里

我一看

夹缝里已经有四五本了

过了红绿灯

终点竟然也到了

总共车程不到五分钟

其实

刚才我对所谓的"最近"

心里是没底儿的

事后回想起来

我才觉得

不只是接下不容易的大爷的广告

他的快速一点头

更是十分可贵、美好的

一瞥

2018.5.29

早晨，主干道中间的绿化带里

一个穿着橘红色马甲的工人

正躺在灌木丛旁的草地上睡觉

他的安全帽脱在一边——

约略可以知道他工作的性质

虽然他正当壮年（头发凌乱，但是乌黑茂盛）

虽然这时节已经入夏

但是如此露天贴地地睡觉

应该还是有点清冷的

所以他像虾米一样蜷缩着并不高大的身体

这使他看起来

像是一个遗失的小孩

虽然我不是他的父亲

但是好奇心使我很想多看他几眼

把他看得仔细点

可是我乘坐的

满载上班族的公交车

还是加速前行了

因此，我只能急匆匆地下一个结论

他应该是建设美丽祖国的

一分子

我和父亲的野炊

2018.6.17

2007 年我在北京安了家

2008 年父亲来北京找我

我带他从南五环外

换乘几次迷宫似的公交车、地铁

到北四环外的鸟巢看奥运会

在安检进体育场前

我买了两盒自加热的盒饭

我先把我那一盒底部的引线一拉

我俩几乎异口同声地"嚯":

惊奇地看着盒饭开始"滋滋"地冒热气儿

然后父亲也把他那一盒底部的引线一拉

我俩又几乎异口同声地"嚯":

又惊奇地看着盒饭开始"滋滋"地冒热气儿

加热完毕后,就把盖子撕掉开吃

什么菜、什么味道已经忘了

只记得量不多

我很快就吃完了

父亲大约吃了一半

说:我不吃了,你吃吧

同时把盒饭推给我

我就接过来给吃完了

十年前,我三十岁

父亲五十七岁,临近退休

打电话

2018.6.18

晚上七点四十

给老妈打电话

听说奶奶的眼睛怎么了

老妈说：已经做完手术了

十几分钟就做完回家了

估计是麻药药效退了不舒服

吃了一碗粥就去睡了

我也睡了

我说：好，那你快睡吧

老妈问：端午节你们吃粽子了吗

我说：吃了，学校发了粽子

阿蒂幼儿园也发了粽子

幼儿园老师教他们包粽子

包完一人发了几个带回家

老妈说：他们那么小会包吗

我说：幼儿园组织小孩子的爷爷奶奶

去教他们包的

老妈说：哦哦，原来这样啊

放下电话，我能想象

躺在床上的老妈

肯定是在浮想联翩了：

如果我还在北京带阿蒂

那我也可以去幼儿园

教小孩子们包粽子了

我包的肯定不会比别人差

昊哥

———

2018.6.19

我们教学部

前两年招来了一个男教师

大家都叫他昊哥

昊哥是个老好人

刚来第一年

他还同时在教务处帮忙

有一次我去复印东西

不懂得如何操作那复杂的机器

昊哥说：我来帮您吧

两年来，凡是有老师有事需要代课

昊哥都会说：我来代吧

其他事

他也总是说：我去吧

前两天，在吃饭的时候

昊哥说他在采育买房了

一平方米两万多块，共八十多平方米

当时我眼睛一亮

咱单位在这，您在采育买

还真是一个好办法

现在我写下这首诗

是想把这个消息也告诉你们

在北京大兴的采育

住着一个老好人

他的名字叫昊哥

他是祖国的好青年

外婆

2018.6.21

从我记事起

外婆就是一个老太太了

她没绑小脚

但是用网兜包着发髻

穿斜襟蓝布褂

有一次

母亲一大早要挑着菜

去镇里卖

就叫外婆前一天晚上

来我家住

帮忙看着我们几个小孩

还有帮忙喂鸡、鸭和猪

好像是在中午的时候

外婆和我们发现

我们家的两头小猪

掉进猪圈旁边的

挺深的粪坑里了

它们正在污臭的粪水里

上下浮沉着

当时我们都还小

还不会意识到

事情的严重性

而外婆即刻显现出了

我们在她身上从没见到过的

急慌慌的体态、神情、腔调

她对我们大声叫着：

快去喊邻居的叔叔来帮忙

这是我第一次看见大人

如此着急、无助的样子

在我读小学之前

或者刚读小学不久

外婆就去世了

跟她有关的完整的事情

我就记得这么一件了

如果没有这件事

也许在我的记忆中

就没有外婆了

现在我知道

我有一个深深地

爱着我们的外婆

桃树林

2019.4.2

每天上班

公交车都要经过一片

被弃养多年的桃树林

桃树们的树干苍黑

树姿萎靡

繁多的枝条

纵横罗织、奔拉在一起

而不是枝枝朝着太阳

挺拔、有序地伸展着

它们也对应着人类衰老的规律

"人老先老腿"

这些桃树们的树干

也早就不再返青

只有在像这样的春日

一些树枝的末梢

才开出零星的几朵小花

再也看不见红云几万重的

燃烧的热烈了……

爱
————
2019.5.21

没有课的午后

我吭哧吭哧地

练完几个大字

站起来

转身一看

李文璐和吴昊

都靠在椅背上

睡着了

阳光把他们全身

都包围了

这时候

我忽然明白

原来阳光

爱着他们

阳光爱着胖姑娘李文璐

阳光爱着瘦小伙吴昊

他们都刚毕业不久

都那么年轻

但此刻

都一身疲倦

看来还有阳光爱着他们

阳光就爱着

胖姑娘

阳光就爱着

瘦小伙

阳光还爱着我

交通协管员

2021.6.11

不同的交通协管员

有不同的执事风格

有的中规中矩

有的会录一段安全劝诫

反复播放

今天的这一个

每一个指令前

都要加上一句话

红灯时他说

上班的学习的，注意安全

绿灯了他说

新的一天，大家动起来

自我篇

今天是高兴的
日子

1994

今天是高兴的日子

我小心翼翼地绕过

一块块的小石子

不去惊动它们

今天是高兴的日子

天上贴着彩色的窗花

街旁的老奶奶

在出售光滑的柑橘

一个小女孩提着裙摆

跳过了一摊不透明的水

今天是高兴的日子

水在水房里轻声地笑

潮湿的衣服跟着匆忙的脚步声

走出走廊

今天是高兴的日子

大家都想出去

无题

———

1998

我的趾缝冒起水泡

浮过头顶

街上的人

像是我一次次

呼吸后的水汽

我的脑袋

像是去年的瓶子

水在沉淀

上部都是空的

我想插一枝花

拿一把剑

我砍过空气

树木叶子

纷纷下落

用尖尖的树梢

指给我天空

房间里有一群人

有动有静

记不起一张脸了

只有圆桌子

像水不断地流

我推开门进去

里面又是空的

只有一堵墙

然后

一排排

并列的墙

雪花与棉花

2011.12.2

雪花飘洒

吾庐围列金戈铁马

冷气清辉

逼退世间纷扰纠杂

雪日闭门我读书

雪水屋檐咕嘟咕嘟

棉花绽放

吾榻围簇地火天光

外柔内热

拥抱吾之身躯心脏

雪日闭门我睡觉

棉花中我无牵无挂

赤赤条条

爱着

———

2012.5.16

爱着

你是否还爱着

你的姓，你的名

爱着这几个汉字

看护着它们

不让别人改动

爱着

你是否还爱着

在老师一声令后

环绕着学校跑步

爱着你跑的路途

爱着在每圈的起点处

老师记下你的名字

爱着

我们爱着放学时笼罩着学校的大雨

爱着学校流水潺潺的地面

爱着赤着脚走在水里的感觉

爱着

我们爱着学校门口的平整地面

爱着倒在小溪堤岸上的翻出来的土

爱着一场雨过后变得浑红的溪水

爱着

我们爱着油炸食品

我们拿着一整盒的馓子

不停地嚼着，嚼着

哪怕嚼到满嘴起泡

爱着

我们似乎爱着一个梦境

半睡半醒

我们看见了这个梦

我们不想醒来

爱着

梦醒后的我们

是否

还爱着

吃饺子蘸醋

某年某天

山前一瀑布

山下一水库

瀑布山上来

嗞溜入水库

水库本无声

呼拉起大雾

大雾山上升

沾湿山中路

路旁有巨石

恰供观景物

登山身早疲

卧躺我看雾

看雾迷糊糊

不觉日已午

午餐我吃啥

嘿嘿让你妒

——饺子蘸香醋

马兰面馆

2014.3.21

中午，刚从马兰面馆推门出来

一盆白花花的阳光

就劈头盖脸砸到我的额头上

啊，多少年了

没有人愿意再和我玩这样的游戏

没有人愿意再把我淋成个落汤鸡

然后，在旁边看得笑嘻嘻

秋天的筛子

2014.10.16

中午，我走过大讲堂的后面

阳光穿过高于楼顶的杨树

射进我脑袋的细小的黑洞

杨树的叶子掉了五成

是一个多好的筛子啊

它的洞眼和我脑袋的洞眼

完全一致

睡觉

2014.10.30

天凉了

把工作放下

早点上床

卷进被窝

半夜，一只残存的蚊子

把我吵醒

不恼，不恼

它只不过是因为天黑

向我问路

并且找我要了杯水喝

罢了

发现

2015.1.8

曾经，我觉得自己已经学会了自转

并且会发光

现在，我发现

我只是生活抓住脚板

捻着的一个灯芯

脑袋穿过瓶盖的枷锁

被点着了

差异

2015.3.24

阳光一天比一天亮起来、热起来的差异

大过我和旁边的小我十五岁的学生的差异

大过我和还没开花的桃树的差异

大过我和已经开花的玉兰的差异

同样

它大过东方和西方的差异

大过孔子和华盛顿的差异

这差异大得

足以形成一级级的台阶

小

2015.3.25

相比于鹰爪

我更喜欢喜鹊的爪

相比于大门

我更喜欢针眼

用喜鹊的爪

我去探测草叶的尖

用针眼

我来收取你的笑

春天

2015.4.2

一夜春雨过

太阳更加明亮了

春天也更加聚精会神地照看自己

就像乘坐地铁去约会的姑娘

在到站前旁若无人地照着镜子

春天是幸福的

她的幸福在于

必须细致入微

才能在美中寻找出丑

我说：春天、春天

你已经够美了

不要再找了

可是春天不为所动

她先是夸了一下金黄的金钟花

接着对愁眉的我提出了警告

然后把某个人

擦掉了

黎明

2015.9.25

黎明在窗外等我

不管我昨天经历了什么

不管我昨天做错了什么

不管我昨天有多混蛋

不管我昨天有多虚伪

不管我昨天有多怯弱

不管我昨天有多聒噪

它透过窗户的窄缝

看着我急匆匆地洗脸

急匆匆地穿衣

急匆匆地喝水

急匆匆地检查包里的东西

它说：新的一天又交给你了

我已经清除了

你们昨天对我的影响

天气清朗，朝阳绯红

等我急匆匆地走进小吃店

大口大口地吃着肉饼

一个小姑娘走了进来

通过她的眼睛

它又看了我一眼

等我急匆匆地走向公交车站

经过昨晚的阵雨留下的一汪浅水

两个着校服的初中生

在水面上一闪而过

它就和他们一起消失了

哦，清晨

南泥湾知青林

2016.4.28

在浓黑浓黑的夜空下

我抬头叫大星星

大星星说"在"

我叫二星星

二星星说"在"

我叫三星星

三星星说"在"

我叫四星星

四星星说"在"

我叫五星星

五星星说"在"

我叫六星星

六星星说"在"

我叫七星星

七星星说"在"

我叫八星星

八星星说"在"

我叫九星星

九星星说"在"

我叫十星星

十星星说"在"

低头打开手电筒

我叫大荠菜

大荠菜说"在"

我叫二荠菜

二荠菜说"在"

我叫三荠菜

三荠菜说"在"

我叫四荠菜

四荠菜说"在"

我叫五荠菜

五荠菜说"在"

我叫六荠菜

六荠菜说"在"

我叫七荠菜

七荠菜说"在"

我叫八荠菜

八荠菜说"在"

我叫九荠菜

九荠菜说"在"

我叫十荠菜

十荠菜说"在"

收拾衣服

2016.10.5

今天在家里收拾衣服

在这样的安静的时候

我忽然觉得

它们大都是

我的伪装

我的盔甲

我的装饰

虽然我是个穷人

但是我每天穿着它们

出入战场

我觉得我要的好像并不多啊

可是这么些年来

我竟然置备了这么多衣服

发现

2017.3.30

午后

上了半天班归来

在小区门口的

三角形绿化地的东角

站着四个异姓同名的姑娘

一个姓白

一个姓黄

一个姓粉

一个姓紫

她们的名字

都叫作"玉兰"

海棠

2017.5.3

西府海棠把接力棒交给了垂丝海棠

垂丝海棠把接力棒交给了贴梗海棠

现在是五月

贴梗海棠已经跑得筋疲力尽

今天，在经过它的时候

我仿佛听到了周围的观众席

在静默地呼喊：接住，接住

接住啊

在走了几百米之后

我方觉得，我接住了

月亮

2017.11.3

忙完工作

已经十二点多了

但是听天气预报说

明后天又是雾霾天

所以决定去给卧室通通风

当我拉开窗帘

打开窗户

往外探头的一瞬间

一轮白月仿佛从高天上掉下来

直接覆盖在我的脸上

原来是它太亮了

太厚了

好像已经无法吸附在天幕上

但是它并没有掉下来

而是一直凭空悬挂着

我先去卫生间刷了牙

然后喝了杯水

再回到卧室把窗户关上

最后拉上窗帘

这只是为了

如果今晚你也打开窗户

它会在你的眼前

也掉下来一次

连翘

2017.12.1

寒冬里

路边的灌木枝上

歪挂着一个铁牌子

我想是连翘吧

低头一看

是她

我记得春天的时候

繁花盛开的她

戴着这个牌子

就像戴着一个奖牌

现在，她戴着它

就像是刚被批斗后

脖子上挂着的罪行牌

我似乎听到了有人在喊：

看啊，就是她犯了连翘的罪名

但是她坚持戴着它

为了明年春天来临

又有人对着她呼喊：

快来看啊

这是连翘花

云

2017.12.15

周五，在给别人上了一天课以后

还得从北京的东南角赶到西北角

去让别人给我上课

终于凑齐了人

大巴车司机在可能会堵车的担心中

呼呼呼地把车往前开了

可是，我竟然渐渐地高兴起来了

不是因为离目的地越来越近

而是我发现我离天边的一朵云

越来越近了

但是，当窗外的高楼完全退去时

我忽然找不到我的那一朵云了

它一下子就迷失在了一大片的

云阵中……

我的马

2018.10.9

有些人和事

就像是我回家拴在门口马厩里的马

我进屋喝水，吃饭，聊天

好像忘了它的存在

等到我躺下，睡着

就听到了它咀嚼的沙沙声

早晨我刚急匆匆地洗漱完毕

即刻听到了它在门口说

快上马吧，主人

我说我不骑你行吗

它说不行

于是我骑着它上路了

到了公交车站

我说我要坐公交车

它说它也能上去

于是我俩挤上车

站在挡风玻璃的前面

我一手扶着横杆

一手撸着它后颈的鬃毛

我们一起眺望着天边

从墨蓝色云海里升起半个火球

很快，整个火球升高离开云海

整片天空灿烂得就像

我小时候看的高甲戏的幕布

多么壮丽的日出啊

这时候，马也不禁发出了赞叹

但是很快

公交车北拐驶入通向我单位的大道

五六分钟后

我们就在单位门前下车了

这一次，我的马

再也不愿意待在门口的马厩里了

它说：

我要像你的小宠物

寸步不离地

跟随你一天

玉兰

2019.4.2

园子里很多花都开了

走在两边都是玉兰的路上

玉兰呈塔状的树冠上

每一层都端正地开满了花

就像是一座座高大的烛台

烛火都点燃了

在我刚油然而生

感觉自己像是一个新郎的时候

天边的太阳

照到了我的额头上

暖暖地

把我的好心情

聚焦成了另外一个我

然后问我：

不管是健康、疾病、富裕、贫穷

你都会爱着这个人吗

我边走边想：

就这个时刻

——我愿意

把自行车停放在居委会的停车场

走向公交车站

路边的绿化带正在改造成街边小花园

刚走几步

我就发现了一棵

新移植来的西府海棠

树梢被截掉了，不是很高

但满树都是

或团卷着像棒棒糖的红色花苞

或绽放着灿烂笑靥的粉红色花朵

我不禁喊了它一声

——海棠

接着往前走

我又看见了一棵海棠

往前看还有一棵海棠

往前方看得更远

还有七八棵

海棠，海棠，海棠……

眼前的整个园子里

其实还有油松、银杏、大叶黄杨、小叶黄杨、

紫叶小檗、榆叶梅等花草树木

但是今早的春天

它只让我强化练习

不断学说一个词

——海棠

劳作

2019.6.7

今天不上班

可以在家

修修水管

今天学会了

更准确地

缠生料带

一是要顺着

螺纹旋转的方向缠

二是缠的时候

要绷紧一点

（以前我只注意以上两点）

三是要把生料带缠成锥形

也就是越往后缠

越厚

这样可以保证

螺纹越转越紧

直至密封

生活之中无小事

只要你不嫌

我愿意不吝

"赐教"给你

我爱你，雪

2020.1.15

雪停之后

它们或被扫成了

一堆一堆

或根本没有被动过

就像是一片一片的白被子

几天，几天过后

经历了风吹和日晒

它们变成了

姿态各异的白云

有的像山峰

有的像太湖石

有的像拼图

当你，当你

在它们中间漫步

你就像在云朵之间

游荡

而且它们每天都在改变着形状

只是，只是

它们每天都在变小，变小

直到有一天

它们将，将回到我们头顶的

遥远的蓝天

生活

2020.2.25

我装修时

用过的一个梯子

放在门口

现在成了

邻居搁蔬菜的货架

也许是为了给菜通通风

也许是因为冰箱装满了

今天的梯子上

一层搁着一箱草莓柿子

二层搁着一箱豆角

三层搁着两个圆白菜

四层搁着一个散花菜，一把小白菜

五层暂时空着